Mi primer
Platero

© Del texto original: Herederos de Juan Ramón Jiménez
© De la adaptación: Concha López Narváez, 2006
© De la ilustración: Ximena Maier, 2006
© De esta edición: Grupo Anaya, S. A., 2015
Juan Ignacio Luca de Tena, 15. 28027 Madrid
www.anayainfantilyjuvenil.com
e-mail: anayainfantilyjuvenil@anaya.es

1.ª edición, octubre 2015

ISBN: 978-84-698-0782-8
Depósito legal: M-23455-2015

Impreso en España - Printed in Spain

Mi primer
Platero

Adaptación de Concha López Narváez
de la obra de Juan Ramón Jiménez

Ilustraciones de Ximena Maier

ANAYA

Platero era un burro pequeño,
peludo y alegre.
Era de un color gris muy suave,
y sus ojos brillaban como
dos cristales negros.

Platero era el amigo inseparable
de Juan Ramón Jiménez, el poeta
que escribió Platero y yo.

Un poeta es alguien que busca
las palabras más hermosas para contar
lo que ve, lo que piensa y lo que siente.

Platero y Juan Ramón vivían
en un pueblo de Andalucía
que se llama Moguer.
Allí, casi todas las casas
son bajas y blancas, con geranios
y claveles en balcones y ventanas.

En sus calles, el aire huele a pinos y a mar,
a limoneros y a naranjos en flor.

Durante las vacaciones llegaban de visita los sobrinos de Juan Ramón, y Platero se convertía en su juguete.

Platero quería a los niños, y los niños querían a Platero.

Platero acompañaba a los niños
en sus paseos por el campo.
Ellos recogían flores amarillas y azules,
corrían bajo la lluvia y no paraban de reír.

Cuando terminaban las vacaciones, Juan Ramón y su burrillo se quedaban solos. Entonces, echaban de menos los gritos, las risas y las voces.

Otro buen amigo de Platero era Darbón,
su médico. Tenía un cuerpo grande,
como un buey, y se movía torpemente.
Casi no cabía por la puerta de la cuadra.

Quería mucho a Platero, y cada vez
que le veía, le acariciaba la frente
y le rascaba despacito entre las orejas.

Todos los días, al salir el sol, Juan Ramón
se acercaba a la cuadra a saludar a Platero,
y él le contestaba con unos rebuznos
que parecían decir: «¡Buenos días!».

En la cuadra vivía también la perra Diana,
que se dormía siempre entre las patas
del burrillo. La cabra gris miraba todo
con curiosidad.

Por las noches, el poeta se acercaba
al pozo a sacar agua para su burro.
  Mientras Platero se bebía
un cubo de agua con estrellas,
Juan Ramón miraba la luna
y disfrutaba del silencio.

A Juan Ramón le gustaba hablar
con Platero de las cosas que sucedían
en el pueblo, de sus sentimientos...

Platero lo entendía todo, porque
le contestaba con rebuznos suaves,
moviendo su rabo o sus orejas
o golpeando el suelo con sus patas.

A los dos les gustaba la tranquilidad
y el silencio.

Cuando había fiesta en el pueblo,
se iban al campo, buscando un poco
de paz, y contemplaban desde allí
los fuegos artificiales.

Juan Ramón y Platero eran muy felices juntos.

Un día, el poeta se acercó a buscar a su burrillo a la cuadra, y Platero no le contestó. Estaba tumbado en su cama de paja, con los ojos tristes, y apenas se movía.

Estaba muy enfermo, y Darbón, su médico, no pudo hacer nada para curarle.

Al mediodía, Platero se marchó para siempre.

Juan Ramón tenía el corazón lleno
de tristeza, pero sentía que Platero
lo miraba desde alguna parte.

Hasta le parecía que, si cerraba los ojos,
podía verle en el prado, entre las margaritas.

Si nosotros cerramos los ojos, también
parecerá que lo vemos. Así, Platero
no morirá nunca. Seguirá siempre vivo
mientras lo recordemos.